Marta Millà

Nací en Barcelona, en el barrio de Gracia. Mi padre tenía una librería de teatro muy bonita en la calle Sant Pau y allí nació mi primer amor: ¡el teatro!

Soy actriz. Me gusta ponerme en la piel de los personajes y ver la vida a través de otros ojos. He hecho teatro, cine y televisión.

A los diecisiete años leí *Siddharta*, de Hermann Hesse, y unas mariposas en el estómago anunciaron un nuevo amor: el budismo. La meditación es para mí tan importante como el aire que respiro.

Soy también terapeuta Gestalt. Es un gozo poder acompañar a las personas en su crecimiento personal y ver cómo se van haciendo más libres cada día.

Rebeca Luciani

Nací en la ciudad de La Plata, en Argentina. Empecé a estudiar dibujo y pintura a los nueve años, pues ya a esa edad era lo que más me gustaba.

En el año 2000 decidí cruzar el Atlántico y fui a vivir a Barcelona, donde trabajo como ilustradora e imparto talleres de ilustración.

Este espíritu aventurero y visual me ha acompañado hasta el día de hoy, ya que nada me gusta más que viajar y dibujar en paisajes distintos.

A la India aún no he tenido la suerte de ir, pero creedme si os digo que tras ilustrar este libro siento que ya he vivido allí.

Publicado por Fragmenta Editorial | Plaça del Nord, 4, pral. 1.ª | 08024 Barcelona | www.fragmenta.es | fragmenta@fragmenta.es
Colección: Pequeño Fragmenta, 12 | Directora de la colección: Inês Castel-Branco | Primera edición: marzo del 2017 | Impresión y encuadernación: Agpograf, S. A.
© 2017 Marta Millà, por el texto y la «Guía de lectura» | © 2017 Rebeca Luciani, por las ilustraciones y la cubierta | © 2017 Victoria Pradilla, por la traducción del catalán
© 2017 Fragmenta Editorial, S. L., por esta edición | Depósito legal: B. 2.683-2017 | ISBN: 978-84-15518-66-2 | *Printed in Spain* | Reservados todos los derechos

NEPAL

BUTÁN

INDIA

JATAKAS
Seis cuentos budistas

Texto de Marta Millà
Ilustraciones de Rebeca Luciani

TAILANDIA

Pequeño
FRAGMENTA

SRI LANKA

Hace muchos, muchos años, en el sudeste asiático nacieron unos animales peculiares que tenían poderes mágicos. Cuentan que allí por donde pasaban transformaban las sombras en luz porque contagiaban la alegría y la bondad de sus corazones a todos los seres vivos.

Como las estrellas fugaces que atraviesan el cielo en algunas noches de verano y fascinan a mayores y a pequeños de todo el mundo, de la misma forma estos animales enamoraban a todo aquel que tenía la suerte de verlos, porque a su paso dejaban una estela brillante de polvo dorado.

Eran seres tan especiales, tan llenos de magia, compasión y belleza, que su sola presencia transformaba cualquier mala intención.

El ciervo dorado

El tupido bosque de Kanha, situado en la India central, era antiguamente el lugar preferido del rey Manu para ir a cazar. En este bosque vivía la gran familia de los llamados *ciervos de doce astas.*

Un día, del vientre de la madre más joven, nació un cervatillo dorado. Con el tiempo, sus pequeñas astas se fueron haciendo más grandes y majestuosas, hasta que, coronando su crecimiento, una fina capa de brillantes cubrió sus extremos. ¡El ciervo se había hecho mayor! Su belleza cautivó de tal forma a la familia que decidieron llamarlo *Príncipe Dorado del Bosque.*

Al rey Manu le gustaba comer carne de ciervo. Cada día, galopando en un caballo negro y acompañado de su séquito, iba hasta el bosque de Kanha atravesando los campos de arroz que se extendían alrededor de las tierras de palacio. Cuando llegaban allí, sus hombres lanzaban flechas a diestro y siniestro hasta que hacían diana y un ciervo caía al suelo herido de muerte.

Los campesinos estaban preocupados porque cada vez que los caballos pasaban por sus tierras destrozaban los cultivos. Hartos de esta situación, una noche sin luna rodearon el bosque con antorchas, espadas y lanzas. Hicieron mucho ruido para asustar a los ciervos y hacerlos huir de allí, y los condujeron hasta los bosques del palacio, donde quedaron prisioneros.

A la mañana siguiente, el rey Manu y su esposa salieron a pasear por sus jardines. Vieron una gran manada de ciervos que los miraban con espanto. Había uno de color dorado que tenía una mirada distinta y que los dejó maravillados. La reina enseguida se quedó prendada de él.

—Esos ojos contienen todo el universo —dijo—. Tenemos que proteger a este animalillo para que nadie pueda hacerle ningún daño.

A partir de aquel día, el rey Manu pidió a su cocinero que fuese él mismo quien saliese cada día al jardín de palacio a buscar los alimentos que le hiciesen falta para la comida. Pero el cocinero y sus ayudantes no eran buenos cazadores y, a menudo, herían a varios ciervos con sus flechas.

El Príncipe Dorado, al verlo, dijo a su familia:

—Queridos, muchos hermanos mueren en vano. Ya sabemos que, tarde o temprano, seremos ejecutados. Es nuestro destino. Pero podríamos evitar mucho sufrimiento si nos ofreciésemos voluntariamente.

Toda la familia estuvo de acuerdo y, a partir de aquel momento, cada día uno de los ciervos de la manada caminaba hasta la puerta de la cocina ofreciéndose para el banquete del rey.

Un día le tocó el turno a una hembra preñada. Cuando lo supo, fue a ver al Príncipe Dorado y le suplicó saltarse el turno hasta que hubiese parido y que su cervatillo fuese adulto.

—Ve y no te preocupes por nada —le respondió el Príncipe.

Entonces, el ciervo dorado fue hasta la puerta de la cocina y se echó en el suelo, inclinando su largo cuello sobre la piedra de la ejecución. Pero el cocinero tenía la orden de no matarlo y, al verlo allí, avisó al rey. Su Majestad salió de su cámara, se acercó y le dijo:

—¡Tú no puedes morir, eres especial! ¡Que venga otro en tu lugar!

Pero el Príncipe Dorado, como conocía el lenguaje de los humanos, le explicó al rey la situación de la hembra preñada y le dijo que él aceptaba la muerte de buen grado en su lugar. El rey, conmovido por las palabras y la mirada amorosa del ciervo, dijo:

—De acuerdo. Os perdono la vida a ti y a la hembra.

—Gracias, Majestad —contestó—, pero ¿qué pasará con el resto de la manada? Todos ellos también son especiales.

—De acuerdo, ¡también les perdono la vida! A partir de ahora sois todos libres, podéis volver a vuestro hogar —dijo el rey con lágrimas en los ojos.

Entonces salió la reina, que había oído la conversación, y le pidió al ciervo que se quedase a vivir allí.

Durante un tiempo, el Príncipe Dorado del Bosque vivió en palacio y se hizo amigo de la reina y confidente del rey. Los ayudó a gobernar el país, aconsejándolos para que nunca cayeran en la codicia.

La manada volvió al bosque de Kanha y el rey publicó un decreto oficial para proteger a todos los ciervos de su reino.

Este bosque se convirtió muchos años más tarde en el Parque Nacional de Kanha. Hoy es el parque nacional más grande de la India central y continúa protegiendo al ciervo de las doce astas de la extinción.

La cotorra Ciruela

Sri Lanka es una hermosa isla que está al sur de la India, llena de bosques tropicales, playas y paisajes de ensueño. Es un territorio que produce té y piedras preciosas apreciadas en todo el mundo.

Hace muchos años, en las montañas de las tierras bajas, vivía la cotorra Ciruela, que tenía un plumaje exótico y bello. Su cabeza era de un tono rosado y violeta; el pico y el pecho, de un amarillo pálido, y en las alas se mezclaban con gracia distintas tonalidades de verde y azul.

Un día, unas nubes grises amenazadoras llegaron a la cima de estas montañas transportadas por un viento monzón. De repente se desató una tormenta tropical y cayeron rayos y truenos sobre el bosque. Uno de aquellos rayos fue a dar sobre el árbol donde la cotorra Ciruela había hecho su nido y el árbol se incendió. Ciruela, asustada, salió volando. El aguacero tropical cesó enseguida, pero el viento siguió soplando con fuertes ráfagas y las llamas se expandieron. El incendio sorprendió a los animales del bosque y los atrapó en su interior; no sabían hacia dónde huir. Desde el aire, Ciruela veía como sus amigos huían asustados y desorientados. Movía las alas con fuerza y, con su voz aguda y estridente, intentaba hacer lo que fuese para ayudarlos.

—¡Desde aquí puedo ver el camino de salida que os llevará hacia el río! —gritaba.

Pero los animales no la oían. Entonces Ciruela se desplazó velozmente por las copas de los árboles hasta llegar al río, se zambulló en el agua, volvió a salir rápidamente y, empapada, regresó al lugar del incendio, donde, batiendo las alas para sacudirse el agua, dejó caer unas gotas sobre las llamas. Volvió al río, se zambulló otra vez y volvió a sacudir el agua de sus alas dejando caer cuatro gotas más. Lo hizo una vez y otra, y otra, y otra.

Por encima de la las nubes había un castillo magnífico donde los dioses de las Tierras Felices contemplaban la escena y comentaban:

—¿Pero qué hace esa cotorra? ¡Se cree que puede apagar el fuego con pequeñas gotas de agua y eso es imposible!

Intentaron avisarla, pero ella, atareada, no los oyó. Cuando había pasado un buen rato, al ver que, obstinadamente, seguía intentando apagar el fuego, uno de los dioses se transformó en águila y se acercó a la cotorra.

—Oh, amiga Ciruela, ¡eres demasiado pequeña para apagar tú sola este fuego! ¡Huye de aquí y sálvate! —exclamó.

Pero Ciruela respondió:

—Oh, gran águila, no te fijes en mi tamaño, sino en la intensidad de mi amor. ¿No te das cuenta de que mis amigos están en peligro? Nada me impedirá ayudarlos, y si pierdo la vida en mi perseverancia, por lo menos me moriré con la esperanza de salvarlos.

A medida que pasaban las horas el incendio era cada vez más virulento. Las llamas estaban a punto de quemarle las plumas y las patitas de Ciruela estaban cada vez más calientes.

Y he aquí que el águila, conmovida por el sentimiento de amor de Ciruela, rompió a llorar. Sus lágrimas plateadas cayeron como una fina lluvia sobre las llamas de tal forma que las apagaron. Y así fue como todos los animales se salvaron.

Ciruela estaba exhausta por el trabajo que había hecho, pero aún le quedaron fuerzas para danzar por el cielo un buen rato mientras entonaba con alegría unas notas musicales.

El sol salió y secó el bosque con su sonrisa cálida. La gran águila volvió al castillo y se convirtió otra vez en dios, mientras miraba con ternura como Ciruela celebraba el triunfo con sus amigos.

—Cuando el amor habla, es como una nube de la que gotean perlas de plata —dijo el dios, mientras enviaba una intensa luz blanca que trasformó el plumaje de Ciruela en un arco iris.

Y para que esta historia de amor fuese recordada para siempre, los habitantes de Sri Lanka bautizaron la isla con el nombre de Lágrima de la India. *Si miras el mapa, verás que la isla tiene la forma ¡de una gota!*

El oso azul del Himalaya

En las cimas nevadas del Himalaya, en Nepal, nació hace mucho tiempo un oso de pelaje azul, garras plateadas y ojos de rojo rubí. Llevaba una vida solitaria y tranquila. Durante el invierno dormía profundamente en su confortable cueva y, cuando estallaba la primavera, la naturaleza le regalaba un surtido de frambuesas, bayas de goji y otras plantas frescas para alimentarse. En otoño, en cambio, comía bellotas, nueces y castañas que él mismo recogía de los árboles. Era un oso tan extraordinario que los reyes tenían pensadas grandes recompensas a quien lograra capturarlo.

Un día de invierno, un intrépido cazador salió en busca del oso azul, pero a medio camino cayó una tormenta de nieve muy fuerte y se perdió por el bosque. Después de andar mucho rato, al ver que no hallaba el camino de vuelta, empezó a gritar:

—¡Socorro, socorro, socorro!

Aquellos gritos desesperados despertaron al oso azul de su sueño hibernal. El sufrimiento de aquel hombre le rompió el corazón. Un poco adormilado, salió de la cueva y fue a buscarlo, y lo encontró medio enterrado en la nieve y casi a punto de morir congelado.

Lo agarró con sus zarpas plateadas, lo llevó hasta su cueva y lo envolvió con sus brazos grandes y peludos para darle calor. Aquel cálido abrazo lo reanimó. Cuando el cazador abrió los ojos, se asustó. Pero el oso, mirándolo con ternura, le sonrió y dijo:

—Cuando te encuentres bien, podrás irte a tu casa, pero tienes que prometerme que no dirás a nadie dónde vivo.

—Te lo prometo —contestó el cazador.

Mientras bajaba de las montañas, el deseo de riqueza volvió a aparecer en su mente y, al llegar a la ciudad, fue corriendo a contárselo al rey. Al día siguiente, un grupo de cazadores de la casa real se dirigieron a las montañas para capturar al oso azul.

Cuando estuvo delante del rey, el oso dijo:

—He sido traicionado, Majestad. Salvé la vida del cazador, pero a cambio le pedí que no explicase a nadie dónde tenía mi cueva. Pero por culpa de vuestro oro ha faltado a su palabra y eso lo hará muy infeliz. Lo siento mucho.

El rey quedó muy conmovido por las palabras del oso.

—¡Que venga el cazador inmediatamente! —ordenó. Y la guardia real lo llevó ante su presencia.

—Cazador, te salvé la vida cuando estabas a punto de morir de frío, y me prometiste que a cambio me protegerías. ¿Lo recuerdas? —dijo el oso.

El cazador, girándose de espaldas con indiferencia, se dirigió al rey:

—Majestad, aquí tenéis al oso que queríais. Sabe hablar, pero solo es una bestia. Podéis matarlo, quitarle la piel y comeros su carne. Así que yo merezco mi recompensa.

El rey y el oso se miraron a los ojos.

—Majestad —dijo el oso—, podéis castigar a este hombre si lo creéis conveniente, pero, por favor, no le hagáis ningún daño.

Después de un largo silencio, el rey tomó una corona de flores y, colgándosela al cuello al oso, dijo:

—Gracias por mostrarme el camino de la generosidad.

Y, dirigiéndose a su corte, ordenó:

—Liberad al oso azul y escoltadlo con todos los honores de vuelta a las montañas donde vive. Y en lo que se refiere a este cazador, expulsadlo de nuestras tierras de inmediato, pero no le hagáis ningún daño. La recompensa que le otorgo es su propia vida, ¡una recompensa mayor que todo el oro del mundo!

Escoltado por los soldados del rey, el oso azul volvió a las montañas del Himalaya y vivió en paz y libertad el resto de sus días.

Cuenta la leyenda que este oso fue visto por algunos monjes del Tíbet durante sus largos retiros en las montañas del Himalaya, pero de eso hace ya muchos, muchos años.

El búho que comía higos

Un búho con un plumaje muy hermoso de colores otoñales vivía al nordeste de la India. Presumía de un pecho blanco, tenía unos ojos grandes y redondos del color de la miel y su pico era de un negro brillante. Era el pájaro más bonito del lugar y vivía en una frondosa higuera de la que estaba enamorado. ¡Oh, cuánto le gustaba aquel árbol!

Amaba sus hojas verdes que lo protegían de la luz deslumbrante del sol de la mañana, amaba también las ramas y las formas trenzadas que adoptaban aquí y allá, pero lo que más lo enamoraba era la dulce fruta que libremente podía comer: ¡sus queridos higos! Sí, este búho no comía insectos ni ratones como el resto, sino ¡higos frescos!

Por la noche, cuando salía la luna, abría aquellos ojos grandes y redondos del color de la miel y, saboreando un par de higos, escuchaba el concierto nocturno de chirridos y crujidos que hacían las ramas y las hojas.

—¡Qué feliz soy! —decía—. ¡Nunca te abandonaré, querida higuera!

El dios Shakra oyó las palabras del búho y decidió ponerlo a prueba. Hizo que el árbol se secara hasta que las hojas quedaron ennegrecidas. El dulce rocío se convirtió en polvo y la higuera al final murió.

Pero el búho no se fue. Se quedó parado sobre las ramas muertas. Levantando lenta y tristemente su mirada de color miel, dijo:

—Mis palabras eran sinceras y sentidas, querida higuera, ¡y no te abandonaré, aunque la fortuna te haya golpeado!

Y así, sentado en las ramas secas, veía pasar los días y las noches mientras se mantenía firme en su determinación.

El dios Shakra, observándolo, sonrió. Entonces hizo que soplara una brisa de oro en forma de remolino ¡que devolvió al árbol el latido de la vida! ¡Brotaron de nuevo las ramas, las hojas verdes y los higos!

—Querido búho —dijo el dios—, el universo se complace cuando hay un corazón constante y fiel. Eres un ave pequeña pero en tu interior están la fuerza y el don de la vida. ¡Vive feliz en tu árbol y contagia esta alegría a todos los seres del universo!

Y, con una fuerte carcajada, se disolvió en el azul infinito del cielo.

El búho contempló embelesado el renacimiento del árbol y agradeció que las hojas tiernas lo protegiesen nuevamente del sol. Respiró profundamente, agarró un higo con su pico negro y se lo comió. ¡Oh, qué rico estaba!

Si alguna vez vas a la India, no dejes de ver la enorme higuera de Bodh Gaya. ¡Es un árbol sagrado y es de la misma familia que la del búho que comía higos!

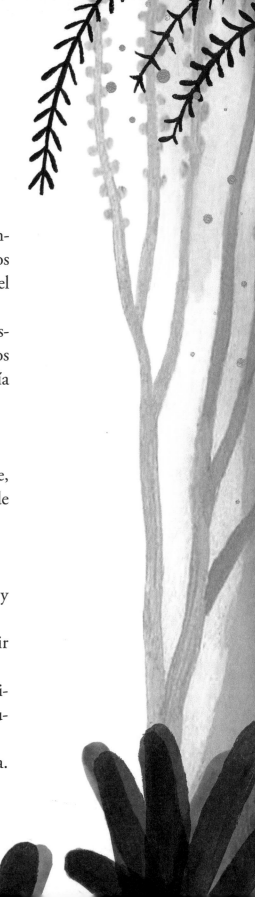

La luciérnaga

Hace muchos, muchos años, en el reino de una isla del océano Índico, vivía un joven príncipe que tenía un temperamento muy violento. Sus padres, los reyes, estaban desesperados porque no había forma de que el muchacho se corrigiese y no se veían capaces de dejar el reino en manos de alguien tan inconsciente.

Un consejero de la reina les recomendó que enviasen al chico a pasar unos días en el bosque que había en el norte de la isla, lleno de luciérnagas que iluminaban los pasos de los caminantes durante las oscuras noches de luna nueva. De entre todas las luciérnagas, había una que era tan sabia que todo el mundo le pedía consejo.

El rey en persona acompañó a su hijo hasta la entrada del bosque y le dijo:

—Dentro de una semana volveré a buscarte.

El príncipe anduvo un buen rato por un camino cubierto de hojas violetas. De repente, vio un pequeño escarabajo que sacaba la cabeza por un agujero que había en el tronco de un árbol y le dijo:

—Estoy buscando a la Abuela Luciérnaga. ¿Sabes dónde puedo encontrarla?

—¡Soy yo misma! —contestó la luciérnaga.

El muchacho se sorprendió, porque le habían contado que las luciérnagas daban luz y aquel parecía un escarabajo cualquiera.

—Mis padres me han enviado aquí porque seré el futuro rey de la isla y debo adquirir conocimientos y sabiduría. ¡Quiero que me expliques todo lo que sabes! —dijo.

—Muy bien —respondió la luciérnaga—. Pero ahora no puedo atenderte, joven príncipe. Espérate aquí hasta la puesta del sol y, mientras esperas, piensa una pregunta para formularme. Cuando llegue la noche, saldré de mi escondrijo y te daré la primera lección.

El príncipe se echó sobre las hojas violetas mientras reflexionaba acerca de la pregunta.

Cuando llegó el anochecer, la luciérnaga sabia salió de su refugio emitiendo una tenue luz de color verde.

—Bienvenido al bosque de las luciérnagas, joven príncipe. ¿Qué quieres saber?

—Me gustaría saber qué es el cielo y qué es el infierno —dijo el chico.

Entonces, simulando menosprecio, la luciérnaga respondió así:

—¿Quieres que te lo enseñe todo sobre el cielo y el infierno? ¡Sí, hombre! Pero ¿tú qué te has creído? ¡Lo que me faltaba! Mírate: hueles mal, vas sucio, eres insolente, ¡eres una vergüenza para el reino! ¡Tú no eres un príncipe! ¡Vete de aquí!

Entonces, el príncipe se enfadó muchísimo. Empezó a temblarle todo el cuerpo de tanta rabia como sentía. Se fue poniendo colorado y, lleno de odio, alzó el brazo con el puño cerrado para aplastar a la luciérnaga.

—¡Eso es el infierno! —dijo rápidamente la Abuela Luciérnaga mientras su luz aumentaba de intensidad.

El joven se quedó totalmente inmóvil porque comprendió el significado de aquellas palabras. En ese mismo instante la magia irrumpió en el bosque. Miles de luciérnagas salieron lentamente de sus escondrijos mientras encendían sus luces. El muchacho se quedó perplejo ante la belleza del momento.

«Esta pobre luciérnaga ha arriesgado su vida para enseñarme algo importante y todas estas lucecitas lo confirman», pensó.

Entonces se tranquilizó. Lleno de gratitud y respeto hacia la Abuela Luciérnaga, inclinó la cabeza con humildad y sintió una profunda paz.

—¡Y eso es el cielo! —añadió la luciérnaga con una gran sonrisa, mientras echaba a volar con su pequeño cuerpo iluminado. Y las luciérnagas del bosque, en armonía, fueron aumentando la intensidad de sus luces verdes. Entonces empezó el ritual nocturno: todas parpadeaban al mismo ritmo e iluminaban el bosque como si fuesen un solo cuerpo, durante toda la noche.

Algunas noches calurosas de verano, en Tailandia, puede contemplarse un hecho maravilloso. En las orillas de algunos ríos, miles de lucecitas cubren los árboles para comunicarse entre ellas. Dicen que quien ha visto este fenómeno natural no lo olvida jamás.

El cocodrilo y la mona peluda

Hace mucho tiempo, en un país llamado Bután, vivía un cocodrilo perezoso de más de tres metros de largo. Lo que más le gustaba era estar echado bajo el sol en las orillas fangosas del río Manas, en los contrafuertes del Himalaya. Pasaba la tarde inmóvil, esperando la hora de la cena, con los ojos cerrados, la mandíbula muy abierta y una gran sonrisa de sesenta y cuatro dientes amarillentos.

Un día, su pareja le dijo:

—Querido, dicen que en la otra orilla del río hay una mona dorada que tiene un corazón muy tierno. Me gustaría tener su corazón. ¿Por qué no vas a buscármelo?

Y él, que siempre hacía todo lo que le pedía su consentida esposa, abrió sus ojos verdes, cerró su boca enorme y se adentró en el agua dulce, deslizándose lentamente por el río.

En la otra orilla había un bosque húmedo donde vivía una mona joven. Era juguetona y le gustaba con locura trepar a la cima de los árboles más altos. Su pelaje era de color crema brillante, tenía una mirada inteligente y una carita negra muy simpática. Mientras saltaba de rama en rama, con la ayuda de su larga cola, cantaba alegremente en su paraíso:

—¡Ueeeeeehh-uooooohhh-ueeeeeehh-uooooohhh!

Sus padres sabían que la curiosa criatura salía cada mañana a divertirse por el bosque, pero estaban tranquilos porque sabían también que era muy despierta y sensata, y que sabría afrontar cualquier peligro.

Cuando el cocodrilo llegó a la otra orilla, arrastró por el suelo su pesado cuerpo, ayudándose de sus garras. Alzó la cabeza buscando la mona por las copas de los árboles y, cuando la vio, se quedó muy quieto y en silencio simulando ser una piedra y esperando el momento oportuno para atraparla.

Pero la mona, que era muy lista, enseguida se dio cuenta de que lo que parecía una roca era un cocodrilo. Desde la copa del árbol le dijo:

—¡Hola! ¿Qué haces aquí, hermano cocodrilo?

El cocodrilo se quedó muy sorprendido de ser descubierto tan deprisa, y entonces tuvo que pensar alguna forma de hacerla bajar del árbol.

—Hola, hermana mona. Vengo del otro lado del río —dijo—. He visto que hace un día hermoso y querría compartirlo contigo. Allí donde vivo hay una fruta muy dulce. ¿Quieres que te lleve?

La joven mona se lo pensó mientras miraba el agua verde del río y se rascaba la cabeza con sus manitas.

—No sé… Es que nunca me enseñaron a nadar y el agua me da un poco de miedo. ¿Me prometes que irás despacio?

—¡Pues claro! —dijo el cocodrilo—. ¡Soy un nadador excelente!

Sin pensárselo dos veces, la mona salto sobre el lomo del cocodrilo y se marcharon juntos, navegando a través del río. La joven mona perdió el miedo al agua. Con el viento de cara se lo estaba pasando tan bien que cantó otra vez mientras las olas le salpicaban las manos y los pies:

—¡Ueeeeeehh-uooooohhh-ueeeeeehh-uoooooohhh!

Entonces el cocodrilo dijo:

—¡Canta, canta! ¡Quien canta, su mal espanta!

Y con una sonrisa maliciosa susurró:

—Esta mona ingenua no tiene ni idea de lo que estoy tramando…

Pero ella, que tenía el oído muy fino, lo oyó.

—¿Y qué es lo que tienes pensado, hermano cocodrilo? —preguntó ella inocentemente.

Cansado de fingir, el cocodrilo respondió con una voz grave y fuerte:

—Pues mira, mona peluda, ¡te llevo con mi esposa, que quiere tu tierno corazón!

Y abrió la enorme boca para mostrarle los dientes de fiera que tenía.

—¡Ahora lo entiendo! —dijo la mona—. Bien, amigo, tenemos un problema.

—¿Qué problema? —preguntó el cocodrilo.

—Es que nunca llevo encima mi corazón tierno cuando salgo de casa porque es algo muy delicado. Siempre lo dejo colgado en el árbol. Mira atrás, cocodrilo: ¿no lo ves allí, entre las ramas? ¿Por qué no das media vuelta y vamos a buscarlo?

— Sí, sí que lo veo. ¡Venga, pues, vayamos a buscarlo!

Y volvieron de nuevo hasta la orilla del río. Cuando llegaron, la mona dio un salto hacia su amado árbol y, sintiéndose fuera de peligro, exclamó:

—¡Mira que eres bobo, hermano cocodrilo! ¿Tú crees que mi tierno corazón estaba en el árbol? ¿Es que no sabes qué es un corazón tierno? Pues es un corazón sin malicia y generoso, que siente afecto hacia todas las cosas. ¡Incluso hacia los cocodrilos bobos como tú! Vuelve con tu esposa y dile que quizás algún día vuestros corazones también serán tiernos; pero hasta que no sea así, no volveré a subirme a tu espalda.

Y, columpiándose en una de las ramas, observó como el cocodrilo, avergonzado y confuso, metía la cabeza en el agua y poco a poco se alejaba de allí.

Pasaron los años y la mona dorada tuvo cinco hijos y muchos nietos. Su inteligencia fue pasando de madres a hijos durante muchas generaciones.

Estas monas se llaman Langur Dorado *y hoy en día aún existe una comunidad que vive en el Parque Natural de Manas, en Bután. Este parque es patrimonio cultural de la humanidad. Eso quiere decir que existe el compromiso de muchos países de proteger todos los animales que viven allí y que están en peligro de extinción. La mona dorada es uno de ellos.*

GUÍA DE LECTURA

Siddharta

Esta es la historia de un ser humano que quiso comprender la naturaleza del universo. Su viaje interior es un arquetipo que todos los seres humanos podemos vivir. Y ahí reside su grandeza.

El príncipe Siddharta Gautama nació en la India hace 2.500 años. Vivía rodeado de jardines y de belleza, disfrutando de todos los lujos y comodidades posibles.

Pero un día se despertó en él la curiosidad de saber cómo era la vida más allá de la corte y escapó del palacio con su criado personal. Caminando por la ciudad vio, por primera vez, un hombre viejo que, sin dientes y con la piel arrugada por el paso de los años, apenas podía caminar. Se quedó sorprendido y preguntó:

—¿Qué es esto?

—¡Es un viejo! —respondió Channa, su sirviente.

—¿Qué quiere decir *viejo*?

—Todo el mundo, con el paso de los años, se hace viejo; la cabeza pierde la memoria, los dientes se caen y el cuerpo se queda sin fuerzas.

—¿Yo también seré viejo? —preguntó Siddharta.

—Sí, príncipe, tú también.

Después vio a un enfermo que tenía llagas por todo el cuerpo y que gritaba de dolor.

—¿Y esto qué es? —preguntó.

—Esto es la enfermedad, Siddharta.

—¿Y todos podemos enfermar?

—Sí. Todo el mundo, antes de morir, enferma alguna vez.

Unos instantes más tarde, oyó los lamentos de unas personas que transportaban, llorando, un cuerpo muerto.

—¿Qué es esto, amigo?

—Esto es la muerte.

—Y yo, ¿también moriré?

—Sí, tú también, Siddharta.

Siddharta se echó a llorar conmovido por todo lo que había visto. Y dijo:

—Yo encontraré la salida a todo este sufrimiento.

Después de pasar un tiempo en el bosque con unos ascetas decidió buscar su propio camino. Se sentó bajo un árbol *bodhi*, con la determinación de hallar la respuesta a todas sus preguntas. Permaneció en silencio, inmóvil y concentrado.

Al cabo de unos días de meditación, superó todos los demonios que proyectaba su mente. Fue más allá del dolor y de la alegría, del rechazo y del deseo, del juicio y de los conceptos, de la vida y de la muerte. Comprendió que todo lo que sucede en el universo tiene una causa y un efecto porque todo está interrelacionado. Y se sintió tan unido a todo lo que lo rodeaba que finalmente halló la paz y la libertad que tanto anhelaba. Entonces se *despertó*, y por eso le pusieron el nombre de Buda, que significa 'el despierto'.

Jatakas

Buda dedicó el resto de su vida a compartir este conocimiento, y lo hizo a través de cuentos, metáforas y lecciones que han pasado de maestros a discípulos a lo largo de los años.

Los jatakas forman parte de la colección de obras que preservan los principios del budismo más primitivo. No pretenden dar lecciones, sino inspirar una conducta consciente y ética. Son narraciones de las vidas anteriores de Buda, que en algunos casos adoptó la forma de un animal. Muchos de los protagonistas de los jatakas son animales ejemplares por su profunda sabiduría y generosidad. Así, no nos tiene que sorprender que siempre hayan tenido al público infantil como a uno de sus principales destinatarios.

Estos cuentos son una versión libre de algunos jatakas. Hemos querido ubicarlos en parques nacionales y en parajes geográficos reales del sudeste asiático. Todos los cuentos son adaptaciones de las versiones tradicionales, excepto el de «La luciérnaga», que está inspirado en la tradición pero es de nueva creación.

El ciervo dorado. *Compasión*

¿Qué quiere decir la frase: «Estos ojos contienen todo el universo»?

Nos habla de la mirada del amor. Una mirada es amorosa cuando ama a todos los seres de la misma forma porque comprende que no hay diferencias entre unos y otros. Es la mirada de alguien que trata todo lo que está vivo con el mismo respeto, sin discriminaciones de ningún tipo; alguien que es capaz de ponerse en el lugar del otro. Es la mirada de la compasión.

La cotorra Ciruela. *Interdependencia*

¿Todo lo que sucede en el universo está conectado?

Si miras con atención la hoja de un árbol, en ella podrás ver el sol, las nubes, la lluvia y la tierra, porque sin alguno de estos elementos la hoja no podría existir. La naturaleza es un ecosistema maravilloso donde ¡todo es interdependiente! Alguien con una actitud ecológica sabe que es necesario cuidarla porque es el hogar de millones de seres que viven en armonía.

El oso azul del Himalaya. *Generosidad*

¿Qué hubiera ocurrido si el oso no hubiese sido generoso con el cazador?

Este cuento nos habla de la enorme generosidad del oso. Quien es generoso siempre genera alegría. Si somos generosos hacemos del mundo un lugar mejor para todos, porque esta es una actitud que se contagia. Una persona generosa muestra compasión por los demás, incluso cuando se ha visto afectada por ellos.

El búho que comía higos. *Impermanencia*

¿Cómo podemos apreciar la vida en cualquier circunstancia?

¡Viviendo el presente a conciencia! El búho disfruta de cada momento con los sentidos despiertos. Cuando el árbol muere se pone triste, pero este sentimiento forma parte de la vida y también lo acepta. Después, el árbol renace y el búho vuelve a estar contento. *Impermanencia* es una palabra que nos ayuda a reflexionar sobre el hecho de que las cosas de este mundo cambian.

La luciérnaga. *Sabiduría*

¿Qué es el cielo y qué es el infierno?

El cielo y el infierno son dos estados de nuestra mente. Es como si nos pusiéramos unas gafas de colores distintos y viésemos las cosas según el estado de ánimo que tenemos. No son del mismo color cuando estamos enfadados que cuando estamos contentos. Una mirada es sabia porque tiene conocimiento y experiencia de muchas cosas.

La mona y el cocodrilo. *Amor*

«Quizás algún día tú y tu compañera también tendréis un corazón tierno.»

Esto es lo que le dice la mona al cocodrilo. Este cuento nos habla del potencial amoroso que todo ser humano tiene dentro como si fuese una semilla. Depende de cada uno que esta se desarrolle, haciendo más y más grande este corazón tierno hasta realizarse plenamente.

Para experimentar la compasión

Toma dos sillas. En una se sentará el rey y en la otra el ciervo. Ahora representaremos una conversación entre ellos.

Siéntate en la silla del rey. Cierra los ojos. Haz tres respiraciones profundas. Toma aire por la nariz y sácalo por la boca lentamente mientras intentas relajar la musculatura de tu cuerpo. ¿Estás listo?

Siéntate como si fueses el rey del cuento. Construye el personaje poniéndote una corona de cartulina y una capa. Ponte en su piel. Imagina que eres el dueño de un territorio importante y que te gusta cazar y comer carne de ciervo.

¿Cómo te sientes? Expresa en voz alta todo lo que te pase por la cabeza. Ahora imagina que tienes ante ti el ciervo que te has de comer y, con los ojos cerrados, háblale. ¿Qué quieres decirle? Dile todo lo que sientas y pienses. Cuando ya no tengas nada más que decirle, cambia de sitio.

Siéntate en el lugar del ciervo. Ponte unos cuernos o imagínate que tienes unos muy bonitos. ¿Qué piensas como ciervo? Imagina que estas a punto de ser cazado. ¿Cómo te sientes? ¿Qué te apetece decirle al rey?

Cuando hayas acabado, vuelve a cambiar de silla. ¿Qué dice ahora el rey? ¿Ha cambiado algo?

Sigue la conversación hasta que hayas explorado a fondo todos los pensamientos, los sentimientos y las sensaciones de los dos personajes. Después, abre los ojos y aléjate de las sillas. Busca un tercer lugar para sentarte. Vuelves a ser tú mismo. Mira las sillas y recuerda la escena que has representado.

¿Qué conclusiones has sacado? ¿Crees que si las personas se pusiesen realmente en el lugar del otro habría guerras en el mundo? ¿Crees que habría violencia, maltratos o abusos de algún tipo si tuviésemos la mirada del amor?

Si nos ponemos en el lugar del otro, podemos comprenderlo, y si lo comprendemos, podemos quererlo.

Pigs
Are Smart!

Leigh Rockwood

PowerKiDS
press.

New York

Published in 2010 by The Rosen Publishing Group, Inc.
29 East 21st Street, New York, NY 10010

First Edition

Editor: Amelie von Zumbusch
Book Design: Julio Gil
Photo Researcher: Jessica Gerweck

Photo Credits: Cover, back cover (dolphin, horse, parrot, pig), pp. 6, 9, 14, 17 Shutterstock.com; back cover (chimpanzee) Manoj Shah/Getty Images; back cover (dog) Courtesy of Lindsy Whitten; p. 5 © www.iStockphoto.com/Nicole Nelly; p. 10 Andrew Sacks/Getty Images; p. 13 Ray Kachatorian/Getty Images; p. 18 Louis-Laurent Grandadam/Getty Images; p. 21 © Christof Wermter/age fotostock.

Library of Congress Cataloging-in-Publication Data

Rockwood, Leigh.
  Pigs are smart! / Leigh Rockwood. — 1st ed.
    p. cm. — (Super smart animals)
  Includes index.
  ISBN 978-1-4358-9373-3 (library binding) — ISBN 978-1-4358-9834-9 (pbk.)—
ISNB 978-1-4358-9835-6 (6-pack)
  1. Swine—Juvenile literature. 2. Swine—Psychology—Juvenile literature. I. Title.
  SF395.5.R63 2010
  636.4—dc22
                              2009031176

Manufactured in the United States of America

CPSIA Compliance Information: Batch #WW10PK: For Further Information contact Rosen Publishing, New York, New York at 1-800-237-9932

Contents

Smart Swine

If you have visited a farm, you have likely seen pigs in the barnyard. Pigs go by many names. Sometimes pigs are called hogs. As an animal group, pigs are often called swine. Baby pigs are known as piglets. Adult female pigs are called sows and adult male pigs are called boars. Strangely enough, pigs that live in the wild are often called wild boars whether they are male or female!

No matter what name you use for them, these animals are known for their intelligence. Pigs are so smart that people sometimes train them to do jobs and **perform** tricks.

Pigs are very smart animals. In fact, many scientists believe that pigs are the smartest kind of farm animal. ▶

Wild Pigs and Farm Pigs

There are more than a dozen pig **species** in the world. **Domestic** pigs were first **bred** from wild boars around 10,000 years ago. Wild boars come from Europe, Asia, and parts of Africa. Unlike domestic pigs, wild boars often have tusks. Tusks are large, curved teeth that are used for digging up food and for fighting enemies.

Today, domestic pigs live everywhere that people do. Most domestic pigs are raised for their meat. Some are kept as pets, though. Others are trained to use their excellent sense of smell to do jobs for people.

◄ Wild boars, such as this animal, often live in forests. However, these animals can also be found in grasslands with just a few trees.

Stout with a Snout

Pigs are stout, or chubby, **mammals**. They have short legs and **hooves**. Pigs' bodies have thick skin covered with short, thick hairs, called bristles. Adult domestic pigs generally weigh between 100 and 220 pounds (45–100 kg). However, some domestic pigs can weigh as much as 1,000 pounds (450 kg)!

Pigs are best known for their noses, called snouts. A pig smells with its snout. Pigs have a great sense of smell. They use their snouts to seek out food. Their snouts are also strong enough that pigs are able to use them to root for, or dig up, the foods that they smell.

Domestic pigs can be many different colors, such as pink, brown, and black. Many pigs have spots or other markings on their bodies. ▶

Rooting for Food

Pigs are omnivores, which means that they eat both plants and animals. They use their snouts like shovels to dig up bugs, plants, and roots. Farmers have to keep pigs fenced in so that the pigs do not dig up their crops!

In the wild, animals such as bears, lions, and hyenas may **prey** on pigs. A wild pig's first **defense** is to run away. However, a wild pig can also use its tusks to fight off **predators**. Pig tusks are generally about 3 inches (8 cm) long. The tusks keep growing and getting worn down throughout a wild pig's life.

◄ Pigs that live on farms often eat out of a long feed box called a trough. Farmers generally feed pigs lots of grains, such as corn and wheat.

In their own way, pigs are tidy. They use different areas for eating, sleeping, and going to the bathroom. Pigs also need a wet, muddy place to lie down. On hot days, pigs roll in the mud to cool off. Mud also keeps bugs away and keeps pigs' skin from getting sunburned.

Pigs live in groups, called sounders. Members of a sounder stick together most of the time. Pigs **communicate** through bodily smells, by touching snouts, and by making grunts and squeals. Pigs make around 20 different sounds to tell other pigs things, such as where they are and what they are doing.

These large pigs have rolled in the mud to cool off. Rolling in the mud is also known as wallowing.

Piglets

   Male and female pigs **mate** once they reach adulthood, at one to three years of age. The mother will have between 2 and 12 piglets at a time. Newborn piglets are very small. They generally weigh between 1.5 and 3 pounds (.7–1.4 kg) each.

   Piglets stick close to their mother to nurse and to learn how to fit in with the rest of the sounder. The mother and her piglets communicate with each other and learn each other's sounds. This is how the piglets know when it is time to nurse. A mother pig can tell if one of her piglets is sick by the sounds that it makes.

◄ **Piglets, such as these here, grow quickly. By the time they are a week old, piglets weigh about two times what they did when they were born.**

How Smart Are Pigs?

It is hard to measure the intelligence of different kinds of animals. However, scientists who have studied pigs think they are pretty brainy. Pigs can learn jobs and tricks faster than most dogs. Pigs have even been taught to play simple computer games. This leads some scientists to believe that pigs are almost as smart as chimpanzees.

Pigs are known for their intelligence outside of the lab, too. On farms, pigs will work together to unlock their pens so that they can go root in the fields. Maybe that is what people mean when they talk about going hog wild!

One reason scientists think that pigs are smart is that they can remember things for a long time. Also, pigs pay close attention to whatever job they are doing. ▶

Working Pigs

Pigs can be trained to do work for people. Since pigs are smart, have a great sense of smell, and like truffles, they make great truffle hunters. Truffles are **fungi** that grow under the ground. Because they taste good and are hard to find, they cost hundreds of dollars per pound (kg). The hardest part of teaching a pig to truffle hunt is keeping it from eating the truffles!

Pigs also perform for people. Animal trainer Priscilla Valentine has a pig circus called Valentines Performing Pigs. These pigs can do dozens of tricks, such as jumping through rings and even riding a skateboard.

◀ **This pig is hunting for truffles in Quercy, a part of southwestern France. Pigs can smell truffles growing as deep as 3 feet (1 m) under ground.**

Pet Pigs

Pot-bellied pigs have become well-liked pets. They are smaller than barnyard pigs, but adults weigh around 100 pounds (45 kg). They need different food and care than dogs and cats, so it is important to learn about pigs' needs before bringing one home.

Pigs are smart and playful, but they need training and attention so that they do not get bored and tear up the house. Pigs can learn dog tricks faster than most dogs. Good care and training will teach a pig to **behave**. They also build the bond between person and pig, which makes for a happy pig.

These pet pigs are Vietnamese pot-bellied pigs. Pet pigs need a fenced-in grassy place in which they can exercise. ▶

Be like a Pig!

Pigs are different than you may have thought. Many sayings about pigs are not true. Though people call a messy room a pigsty, pigs really keep their home areas tidy. People sometimes say someone very sweaty is sweating like a pig. However, pigs cannot sweat! The fact that they cannot cool off by sweating is one of the reasons pigs need to roll in the mud to cool off.

The next time a friend teases you by calling you a pig, surprise your friend by saying "Thanks!" After all, pigs are some of the smartest animals around!

Glossary

behave (bih-HAYV) To act the right way.

bred (BRED) To have brought a male and a female animal together so they will have babies.

communicate (kuh-MYOO-nih-kayt) To share facts or feelings.

defense (dih-FENTS) Something a living thing does that helps keep it safe.

domestic (duh-MES-tik) Animals made by people picking which animals to breed together.

fungi (FUN-jy) Living things that are like plants but that do not have leaves, flowers, or green color and that do not make their own food.

hooves (HOOVZ) The hard feet of certain animals.

mammals (MA-mulz) Warm-blooded animals that have a backbone and hair, breathe air, and feed milk to their young.

mate (MAYT) To join together to make babies.

perform (per-FORM) To do something for people to watch.

predators (PREH-duh-terz) Animals that kill other animals for food.

prey (PRAY) To hunt for food.

species (SPEE-sheez) One kind of living thing. All people are one species.

Index

A
adulthood, 15

B
barnyard, 4, 20
boars, 4

C
care, 20

D
defense, 11

F
fungi, 19

G
group(s), 4, 12

H
hogs, 4
hooves, 8

I
intelligence, 4, 16

J
jobs, 4, 7, 16

M
mammals, 8

P
people, 4, 7, 16,
  19, 22
piglets, 4, 15
predators, 11

S
smell(s), 7–8, 12,
  19
sows, 4
species, 7

W
wild boars, 4, 7

Web Sites

Due to the changing nature of Internet links, PowerKids Press has developed an online list of Web sites related to the subject of this book. This site is updated regularly. Please use this link to access the list: www.powerkidslinks.com/ssan/pig/